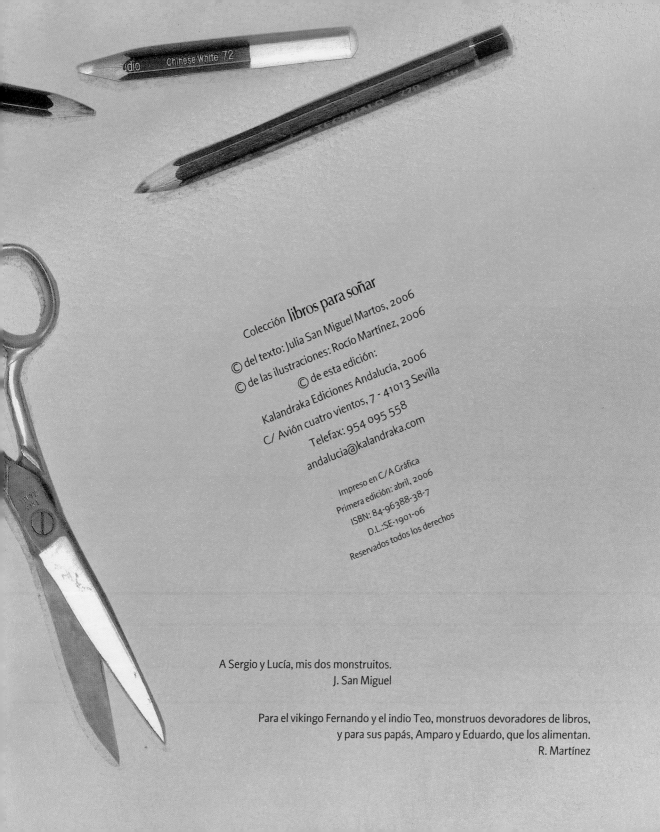

Colección **libros para soñar**

© del texto: Julia San Miguel Martos, 2006

© de las ilustraciones: Rocío Martínez, 2006

© de esta edición:

Kalandraka Ediciones Andalucía, 2006

C/ Avión cuatro vientos, 7 - 41013 Sevilla

Telefax: 954 095 558

andalucia@kalandraka.com

Impreso en C/A Gráfica

Primera edición: abril, 2006

ISBN: 84-96388-38-7

D.L.:SE-1901-06

A Sergio y Lucía, mis dos monstruitos.
J. San Miguel

Para el vikingo Fernando y el indio Teo, monstruos devoradores de libros,
y para sus papás, Amparo y Eduardo, que los alimentan.
R. Martínez

El monstruo de Ricardo

Julia San Miguel Martos

Rocío Martínez

kalandraka

El monstruo que vive en la habitación de Ricardo tiene

un ojo en la frente,

dos narices,

tres bocas,

cuatro brazos,

cinco piernas,

seis ombligos,

siete orejas,

ocho trenzas en la cabeza,

nueve sombreros,

diez dedos en sus manos izquierdas

y otros diez dedos en sus manos derechas.

Cuando Ricardo se pone el pijama,

se mete en la cama y apaga la luz...

el monstruo aparece

y a Ricardo le hace cosquillas

en los diez dedos de sus pies

con los veinte dedos de sus manos.

Ricardo se ríe bajito

para no despertar a sus padres

ni a su hermana,

que duerme en la habitación de al lado.

Pero el monstruo le hace tantas cosquillas
que Ricardo acaba riendo a carcajadas.

Y de repente, se abre la puerta.

Se enciende la luz.

Del susto, Ricardo pega un brinco en la cama
y el monstruo se queda quieto como una estatua.

Lo que ven sus ojos les deja mudos
y les pone los pelos de punta.

Una pluma,

dos ojos saltones,

tres chupetes,

cuatro coletas,

cinco dedos...

¡aaaaahhhh!

¡La hermana de Ricardo!

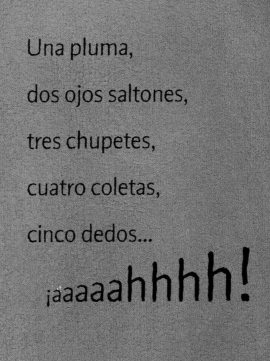

Y con los diez dedos bien abiertos,

la hermana de Ricardo agarra al monstruo,

lo apretuja...

le da un sonoro beso

y lo agarra diciendo:

"¡Es mío!".

En la cuna, la niña le pinta al monstruo

los diez dedos de sus manos,

le quita los nueve sombreros,

le deshace las ocho trenzas,

le tira de las siete orejas,

le hace cosquillas en sus seis ombligos,

le dobla las cinco piernas,

le anuda los cuatro brazos,

le tapa las tres bocas,

le hurga en las dos narices,

le pone el chupete y le echa a dormir.

"¡Mi hermana
es un
monstruo!",

grita Ricardo al verlo.

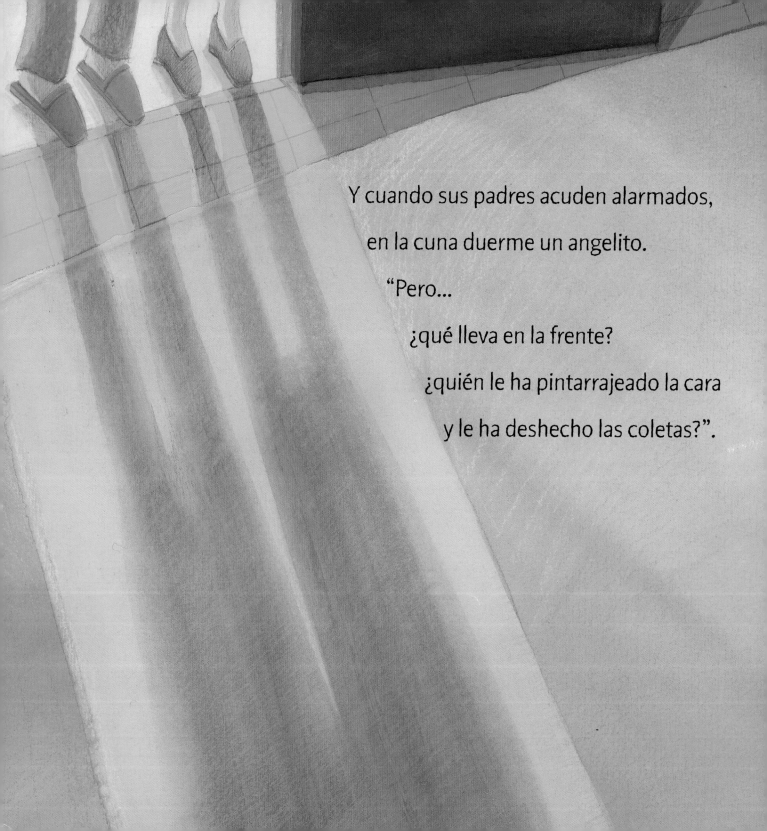

Y cuando sus padres acuden alarmados,

en la cuna duerme un angelito.

"Pero...

¿qué lleva en la frente?

¿quién le ha pintarrajeado la cara

y le ha deshecho las coletas?".

Y lo que piensan les deja mudos y les pone los pelos de punta.

"Tenía que ser Ricardo.

¡El monstruo de Ricardo!".